JN171770

フルスイング！

くすのき しげのり 作　下平《しもひら》けーすけ 絵

おしごとのおはなし　プロ野《や》球《きゅう》選《せん》手《しゅ》

講談社

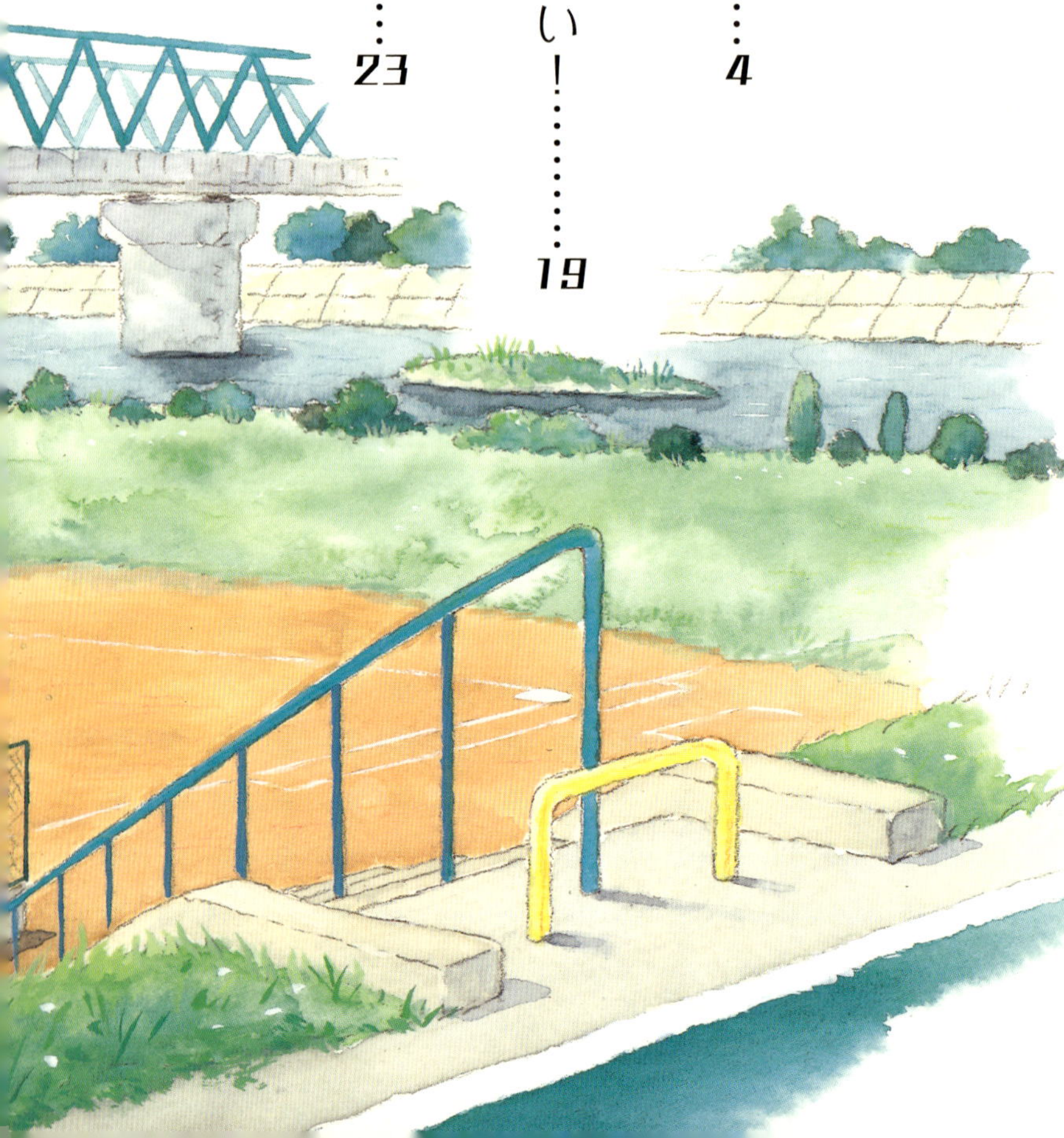

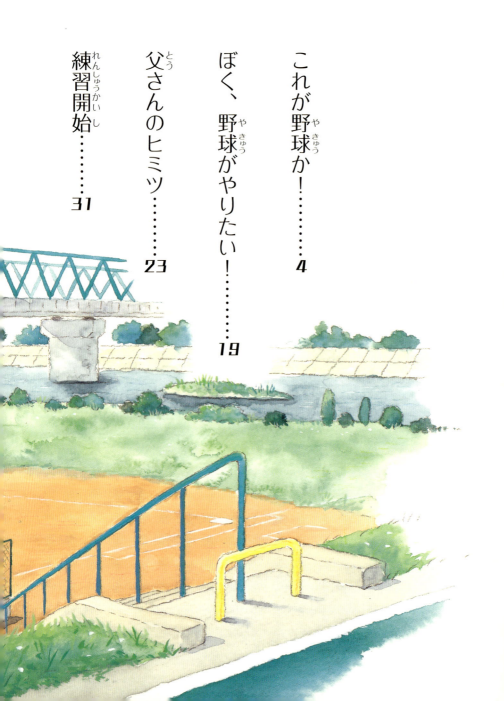

これが野球《やきゅう》か！

「ショウゴ、今度《こんど》の土曜日《どようび》、プロ野球《やきゅう》の練習試合《れんしゅうじあい》があるんだけど、見《み》にいかないか。」

朝《あさ》、教室《きょうしつ》に入《はい》ると、マサルが「おはよう。」よりも先《さき》に言《い》ってきた。

「野球《やきゅう》か……。それって、おもしろいの？」

「見《み》ればわかるって！　入場券《にゅうじょうけん》二枚《まい》もらったから、行《い》こうよ。」

マサルは少年野球《しょうねんやきゅう》のチームに入《はい》っている。

（どうしよう。そうだ、今週《こんしゅう》は、父《とう》さん出張《しゅっちょう》だ。……母《かあ》さんなら、だいじょうぶかな。）

ぼくは、家《いえ》に帰《かえ》ると、母《かあ》さんに聞《き》いてみた。

「土曜日《どようび》、マサルとスポーツパークに行《い》ってもいい？」

ぼくは、野球《やきゅう》を見《み》にいくとは言《い》わなかった。

「いいけど、おそくならないようにね。」

夕飯《ゆうはん》を作《つく》りながら、母《かあ》さんが言《い》った。

土曜日《どようび》。スポーツパークにある野球場《やきゅうじょう》。

「あれ、あの子《こ》って……。」

マサルが、ひとりの女《おんな》の子《こ》を指《ゆび》さした。

「知《し》ってる子《こ》?」

「平手《ひらて》アスカ。隣町《となりまち》の野球《やきゅう》チーム『スーパージャイアンツ』のピッチャーだ。ものすごく、速《はや》い球《たま》を投《な》げるんだぞ。」

「ふーん。」

ショートヘアに、真《ま》っ赤《か》な野球帽《やきゅうぼう》をかぶったその女《おんな》の子《こ》は、ひとりで、マウンドを見《み》つめていた。

試合《しあい》が始《はじ》まった。

カキーン！

「うわっ、先頭打者《せんとうだしゃ》ホームランか！」

マサルが立《た》ちあがった。

ファール。

「あーっ。」

「つぎは、ホームランだよな。」

ぼくが言《い》ったときだ。ピッチャーが投《な》げたボールが、バッターの前《まえ》でストンと落《お》ちて、バットが空《くう》を切《き》った。

「うわっ、なんだ、今《いま》の！」

「フォークボールだよ。すごい変化球《へんかきゅう》だな。」

マサルが教《おし》えてくれた。
試合《しあい》が進《すす》んだ。
三回《かい》の表《おもて》。ワンバウンドした
打球《だきゅう》をショートの選手《せんしゅ》が
飛《と》びついてとると、すぐに
セカンドへ投《な》げた。
セカンドの選手《せんしゅ》は、そのボールを
ファーストへ。
「ダブルプレーだ！」
ぼくもマサルも試合《しあい》に
夢中《むちゅう》になった。

七回《かい》の裏《うら》。

カキーン！

「やった、ホームラン！」

ぼくは、思《おも》わず立《た》ちあがった。

ボールは、外野席《がいやせき》のスタンドをこえていった。

「うわーっ、場外《じょうがい》ホームランだ。

初《はじ》めて見《み》た。」

マサルも立《た》ちあがっていた。

（これが野球《やきゅう》。これが野球《やきゅう》か。

すごいな。）

「ショウゴ、どうだった。」

帰《かえ》り道《みち》、マサルがたずねた。

「うん、すごかった。ぼく、初《はじ》めて野球《やきゅう》の試合《しあい》を見《み》たから。」

「えっ、そうなの。テレビでは？」

「見《み》ない。お父《とう》さんが、野球《やきゅう》ぎらいだから。」

「ふーん。でも、野球《やきゅう》って、楽《たの》しいだろ。」

「うん。」

「自分《じぶん》でやったら、もっと楽《たの》しいぞ。そうだ、これから、練《れん》習《しゅう》に行《い》くから、ぼくらトキワヤンキースの練習《れんしゅう》も見《み》ていけば。」

家《いえ》によってユニフォームに着《き》かえたマサルといっしょに、ぼくは、河川敷《かせんしき》のグラウンドに向《む》かった。

「マサルから聞《き》いたよ、君《きみ》もいっしょに野球《やきゅう》を見《み》たんだっ
て。どうだ、少《すこ》しキャッチボールをやってみるか。」

土手《どて》の階段《かいだん》で練習《れんしゅう》を見《み》ていたぼくに、休憩時間《きゅうけいじかん》、監督《かんとく》は
キャッチボールをていねいに教《おし》えてくれた。

「よーし、じゃあ、つぎはボールを打《う》ってみるか。」

「えっ。」

「ショウゴ、やるじゃん。」

マサルがバットを持《も》ってきてくれた。

ぼくは、生《う》まれてはじめて、バッターボックスに立《た》った。

「みんな、守備《しゅび》について。」

「はいっ！」

休憩《きゅうけい》をしていたみんながいっせいに守備《しゅび》についた。

「左《ひだり》ききだな。だったら、バットをにぎるときは、右手《みぎて》が下《した》、左手《ひだりて》が上《うえ》だ。」

監督《かんとく》が、反対《はんたい》ににぎっていたぼくの手《て》を、直《なお》してくれた。

「両足《りょうあし》は、肩幅《かたはば》より少《すこ》し広《ひろ》く。両《りょう》ひざを軽《かる》く曲《ま》げて、内《うち》ももに力《ちから》を入《い》れる。」

「はい！」

「背筋《せすじ》をのばして、顔《かお》はピッチャーに向《む》けてしっかりと見《み》る。」

「はい！」

「バットを立《た》ててかまえる。」

「はい！」

「じゃあ、ここからボールを上《あ》げるから、打《う》つんだぞ。」

「はい！」

監督《かんとく》は、しゃがみこむと、ボールを投《な》げてくれた。

「あらっ。」

一球目《きゅうめ》は、からぶりをした。

二球目《きゅうめ》もからぶり。

「肩《かた》の力《ちから》をぬいて、ボールをよく見《み》るんだ。」

「はいっ！」

三球目《きゅうめ》。

キン！

「あ、当《あ》たった。」

ボールは、ファーストのマサルのところへ転《ころ》がっていった。

「ショウゴ、ナイスバッティング！」

「ナイスバッティング！」

みんなも大《おお》きな声《こえ》で言《い》ってくれた。

四球目《きゅうめ》は、からぶりをした。

そして五球目《きゅうめ》。

カキン！

「おおっ。」

ボールは、
ファーストの
マサルの頭《あたま》をこえて、
ライトまで飛《と》んだ。

「ナイスバッティング！」
今度《こんど》は監督《かんとく》が、真《ま》っ先《さき》に言《い》ってくれた。
「きみ、よかったら、チームに入《はい》って練習《れんしゅう》をしないか？」
「それは、やってみたいけど、……父《とう》さんに聞《き》いてから。」
「うん、そうだな、じゃあ今度《こんど》、お父《とう》さんと
いっしょに練習《れんしゅう》を見《み》にくるといいよ。」
監督《かんとく》は、ぼくの肩《かた》をポンとたたいた。
帰《かえ》り道《みち》。右手《みぎて》には、まだ
グラブやバットのにおいが
残《のこ》っていた。

ぼく、野球《やきゅう》がやりたい！

「父《とう》さん、ぼく……。」

「うん、なんだい？」

「ぼく、少年《しょうねん》野球《やきゅう》のチームに入《はい》りたい。」

出張《しゅっちょう》から帰《かえ》ってきた父《とう》さんに、思《おも》いきって言《い》ってみた。

「どうしてだ。」

「今日《きょう》、野球《やきゅう》の試合《しあい》を見《み》にいったんだ。それから、マサルのチームの練習《れんしゅう》を見《み》て。監督《かんとく》にキャッチボールやバッティングを教《おし》えてもらった。それで、野球《やきゅう》やってみないか、って。」

「あら、そうだったの。」

「どうして野球《やきゅう》の試合《しあい》を見《み》にいかせたんだ。」

父《とう》さんは、母《かあ》さんをせめるように言《い》った。

「だって、スポーツパークで遊《あそ》ぶんだと思《おも》ってたから……。」

「ダメだ。野球《やきゅう》なんか。」

「どうしてだよ。ボールだってうまく受《う》けることができたし、バッティングでも外野《がいや》までボールが飛《と》んだんだ！　練習《れんしゅう》したら、もっとうまくなって、プロ野球選手《やきゅうせんしゅ》にだってなれるかもしれないじゃないか。」

「プロ野球選手《やきゅうせんしゅ》だって!?　とにかく、野球《やきゅう》なんか、やるな。」

「父《とう》さんは、野球《やきゅう》をやったことがあるの？　やったことがないなら言《い》わないでよ。
やったこともないくせに、
ダメって言《い》わないでよ！」

（あっ。）
父《とう》さんが、さびしそうな目《め》をしていた。
それは、今《いま》までぼくが見《み》たことがない父《とう》さんの目《め》だった。

「ばかっ。なんてこと言《い》うの!」

次《つぎ》の瞬間《しゅんかん》、ぼくは母《かあ》さんにかかえられて庭《にわ》に放《ほう》りだされた。

「なんだよ、母《かあ》さんまで。どうしてだよ。どうして、野球《やきゅう》はダメなんだよ。もう、父《とう》さんも母《かあ》さんもきらいだ!」

ぼくは、靴《くつ》もはかずに、家《いえ》を飛《と》びだした。

父《とう》さんのヒミツ

ぼくは、トキワ公園《こうえん》まで歩《ある》くと、ベンチにすわった。

「ショウゴ。」

母《かあ》さんが、靴《くつ》を持《も》ってさがしにきてくれた。

「……母《かあ》さん、どうして父《とう》さんは、野球《やきゅう》がきらいなんだよ。」

たずねたぼくの目《め》を、母《かあ》さんが見《み》つめた。

「あのね、これは、初《はじ》めて話《はな》すけど……。父《とう》さんは、プロ野《や》球選手《きゅうせんしゅ》だったのよ。」

「えっ！　ほ、本当《ほんとう》に？」

「父《とう》さん、高校野球《こうこうやきゅう》では、甲子園《こうしえん》のヒーローでね、卒業《そつぎょう》して、すぐにプロ野球選手《やきゅうせんしゅ》になったのよ。」

「でも、だったらどうして、父《とう》さんは野球《やきゅう》がきらいなの？」

「父《とう》さんは、試合中《しあいちゅう》に大《おお》ケガをしたの。センターを守《まも》っていた父《とう》さんは、ボールをとろうとしてレフトの選手《せんしゅ》とぶつかって、右足《みぎあし》のひざの骨《ほね》を折《お》ったの。半年間《はんとしかん》リハビリをがんばって、やっと歩《ある》けるようになったけど、もう、それまでのように走《はし》ることができなくて。自分《じぶん》から退団《たいだん》したの。退団《たいだん》した日《ひ》の夜《よる》に、泣《な》いて、泣《な》いて、泣《な》きつづけて。それからよ、父《とう》さんが、一度《いちど》も野球《やきゅう》の話《はなし》をしなくなったのは。」

「知《し》らなかった。」

「小学生《しょうがくせい》のころから、おさななじみの父《とう》さんを見《み》てきた母《かあ》さんにはわかるの。父《とう》さん、本当《ほんとう》は今《いま》でも野球《やきゅう》が大好《だいす》きなのよ。でも、自分《じぶん》は一生《いっしょう》、野球《やきゅう》をやらないって決《き》めた。そんな思《おも》いを、ショウゴに、うまく言《い》えないんじゃないかな。」

「……」

ぼくは、母《かあ》さんと家《いえ》に帰《かえ》った。

「父《とう》さん、ごめんなさい。」

父《とう》さんの前《まえ》に立《た》って、ぼくは謝《あやま》った。

「ショウゴ、父《とう》さんはな……。」

「ねえ、これ、しまいっぱなしじゃ、カビが生《は》えちゃうわね。」

母《かあ》さんが大《おお》きな段《だん》ボール箱《ばこ》をかかえてきた。

「それは！」

「あなたは捨《す》ててくれって言《い》ったけど、私《わたし》は取《と》っておいたの。」

母《かあ》さんは、箱《はこ》の中《なか》からトロフィーや盾《たて》を取《と》りだした。

「おい、よせよ！」

「ねえ、しまいっぱなしじゃ、心《こころ》にもカビが生《は》えちゃうわよ。」

取《と》りだしたグラブとボール、そしてバットを父《とう》さんの前《まえ》に置《お》くと、母《かあ》さんは、まっすぐに父《とう》さんを見《み》つめた。

小学生《しょうがくせい》や中学生《ちゅうがくせい》のときの野球大会《やきゅうたいかい》のメダルや盾《たて》、高校《こうこう》のときの写真《しゃしん》パネルや甲子園《こうしえん》での活躍《かつやく》がのった新聞記事《しんぶんきじ》。そして、プロ野球球団《やきゅうきゅうだん》への入団発表《にゅうだんはっぴょう》のときの写真《しゃしん》。

「あーっ、これは、甲子園《こうしえん》の決勝《けっしょう》のときの新聞記事《しんぶんきじ》ね。五対《たい》二。三点《てん》リードされたままでむかえた九回裏《かいうら》、ツーアウト満《まん》塁《るい》。打席《だせき》に入《はい》った父《とう》さんは、予告《よこく》ホームランをしたのよね、メジャーリーガーのベーブ・ルースみたいに。」

母《かあ》さんが、そのときの父《とう》さんのまねをした。

「一球目《きゅうめ》は、内角《ないかく》のストライク。二球目《きゅうめ》は外角《がいかく》ぎりぎりのストライク。三球目《きゅうめ》は、内角高《ないかくたか》めのボール。ワンボールツーストライクになった。次《つぎ》の一球《きゅう》が、外角《がいかく》やや低《ひく》めにきた。そのボールをフルスイング！　カキーン。」

「打《う》ったんだ！　予告《よこく》したとおりホームランを。」

「そう、試合《しあい》の前《まえ》に、野球部《やきゅうぶ》のマネージャーだった母《かあ》さんに約束《やくそく》してくれたとおりにね。あの音《おと》、満員《まんいん》のバックスタンドへ消《き》えたボール。あのときのフルスイングした父《とう》さんのすがた、今《いま》もわすれないわ。」

「…………」
○

「ねえ、今《いま》でも大好《だいす》きなんでしょ、野球《やきゅう》。」

母《かあ》さんのことばに、父《とう》さんは、だまってうなずいた。

「ショウゴ、……キャッチボールしようか。」

「うん！」

庭《にわ》に出《で》ると、ぼくは、父《とう》さんの大《おお》きなグラブをかりて、父《とう》さんは、素手《すで》のままで、キャッチボールをした。

投《な》げること、打《う》つこと、走《はし》ること、守《まも》ること、どれも、基《き》本《ほん》が大切《たいせつ》だってこと。そして、攻撃《こうげき》も守備《しゅび》も、野球《やきゅう》は、ひとりじゃできないってこと。

キャッチボールをしながら、父《とう》さんが話《はな》してくれた。

練習開始《れんしゅうかいし》

トキワヤンキースに入《はい》ることになったぼくは、つぎの日《ひ》、父《とう》さんと母《かあ》さんといっしょに、グラウンドへ行《い》った。

「四年生《ねんせい》の川上将吾《かわかみしょうご》です。練習《れんしゅう》をがんばって、将来《しょうらい》は、プロ野球選手《やきゅうせんしゅ》になりたいです。」

おーっ！

ぼくの自己紹介《じこしょうかい》に、みんなが大《おお》きな拍手《はくしゅ》をしてくれた。

「トキワヤンキース」は、五年生《ねんせい》五人《にん》、四年生《ねんせい》がぼくとマサルの二人《ふたり》、三年生《ねんせい》四人《にん》、二年生《ねんせい》一人《ひとり》。青《あお》いジャージを着《き》たぼくは、父《とう》さんのグラブをもってみんなの練習《れんしゅう》に加《くわ》わった。柔《じゅう》軟体操《なんたいそう》、ランニング、キャッチボール、守備《しゅび》ノック、バッティング。大《おお》きな声《こえ》を出《だ》しながら、そして監督《かんとく》やみんなに教《おし》えてもらいながら練習《れんしゅう》は続《つづ》いた。

練習《れんしゅう》の終《お》わりには、みんなで、使《つか》ったグラウンドの整備《せいび》をして終《お》わった。ヘトヘトになったぼくの体《からだ》には、汗《あせ》だくになったジャージさえ重《おも》く感《かん》じられた。

母《かあ》さんが持《も》ってきてくれていたT《ティー》シャツに着《き》かえて、スポーツドリンクを飲《の》むと、川《かわ》から風《かぜ》がふいてきた。

「どうだった?」

「うん、まだ、できないことばっかりだけど、今《いま》は、ものすごく気持《きも》ちいい。」

母《かあ》さんに答《こた》えるとぼくは、スポーツドリンクをいっきに飲《の》みほした。

「その、飲《の》みかた。小学生《しょうがくせい》のときの父《とう》さんと同《おな》じね。」

母《かあ》さんがうれしそうに笑《わら》った。

帰《かえ》り道《みち》、父《とう》さんは、ぼくのグラブとバットとボールを買《か》ってくれた。

ライバルは、女《おんな》の子《こ》

ぼくは、毎日休《まいにちやす》まず練習《れんしゅう》を続《つづ》けた。

早《はや》く上手《じょうず》になりたい。というか、みんなと同《おな》じようにボールを受《う》けたり投《な》げたり打《う》ったりができるようになりたかった。だから、父《とう》さんが早《はや》く帰《かえ》ってきたときや、休《やす》みの日《ひ》には、父《とう》さんといっしょに練習《れんしゅう》をした。

その土曜日《どようび》も、そうだった。

トキワ公園《こうえん》で、父《とう》さんと練習《れんしゅう》していたときだ。キャッチボールをしていて、ぼくがボールを受《う》けそこなった。

ボールは、木陰《こかげ》で本《ほん》を読《よ》んでいた水玉《みずたま》のスカートをはいた女《おんな》の子《こ》の足元《あしもと》へ転《ころ》がっていった。

ボールに気《き》づいた女《おんな》の子《こ》が、本《ほん》をとじた。本《ほん》の題《だい》は、英語《えいご》で書《か》かれていた。

女《おんな》の子《こ》は、ボールを拾《ひろ》うと立《た》ちあがった。

（あれ、この子《こ》、どこかで会《あ》ったぞ。）

「ありがとう。」

言《い》いながら、ぼくは、グラブをさしだした。

「きみ、野球《やきゅう》をやってるの？」

「は、はい。」

「どこのチーム？」

「トキワヤンキースです。」

「フフフッ、『強《つよ》くない』チームね。」

「弱《よわ》い」とは、言《い》ってないけど、それよりも傷《きず》ついた。

そんなぼくにかまわずに、女《おんな》の子《こ》は、ボールを持《も》ったまま、日《ひ》のあたるところへ歩《ある》いていった。

「あの……。」
ぼくが言《い》いかけたときだ。
女《おんな》の子《こ》が、マウンドのピッチャーのようにかまえた。その
ようすに、遠《とお》くの父《とう》さんがあわてて、キャッチャーのように
しゃがんでかまえた。

女《おんな》の子《こ》は、大《おお》きくふりかぶると右足《みぎあし》をあげた。大《おお》きく前《まえ》にふみだした右足《みぎあし》に、体重《たいじゅう》を乗《の》せながら、左腕《ひだりうで》がしなった。

スパーン！

ボールは、まっすぐに父《とう》さんのグラブに収《おさ》まった。

（なんてボールを投《な》げるんだ！）

ぼくは、声《こえ》も出《で》なかった。

「おーい、もう一度《いちど》投《な》げてくれないかー。」

父《とう》さんが、声《こえ》をかけた。

「じゃあ、少《すこ》しだけ。」

父《とう》さんからボールを受《う》けとると、女《おんな》の子《こ》は、ホームベースからピッチングプレートまでの距離《きょり》を歩幅《ほはば》で測《はか》って決《き》めた。

「投《な》げますよ。でも、ウォーミングアップをしてないから、軽《かる》くですけど。」

「もちろん。いいよ。」

父《とう》さんは、もう一度《いちど》キャッチャーのようにかまえた。

女《おんな》の子《こ》が大《おお》きくふりかぶり、そして投《な》げた。

スパーン！

「きみ、すごいな。」

父《とう》さんが、おどろいていた。

「でも、全力投球《ぜんりょくとうきゅう》じゃありませんからね。」

「ショウゴ、打《う》ってみるか。」

父《とう》さんが、ぼくに言《い》った。

「フフフッ、打《う》てるものならね。」

女《おんな》の子《こ》が笑《わら》った。

ぼくは、ドキドキしながら、
バットをかまえた。

女《おんな》の子《こ》が、大《おお》きくふりかぶって、投《な》げた。

スパーン！

「ストライク。」

見《み》えない。でも、バットをふらなくちゃ。

二球目《きゅうめ》。ぼくがバットをふろうとしたら、ボールは、もう父《とう》さんのグラブの中《なか》だった。もっと速《はや》くふらなくちゃ。

三球目《きゅうめ》。ぼくは、思《おも》いきりバットをふった。でも、ボールにかすりもせずに、おまけに勢《いきお》いあまってしりもちをついた。

「ストライク・スリー。バッターアウト!」

女《おんな》の子《こ》が言《い》った。

「バットとボールの間《あいだ》が二〇センチくらいはなれてたけど、フルスイングはよかったわよ。」

「はあ。」

「ボール、よく見《み》るのよ。」

「は、はい。」

わかってる。そんなことわかってるけど、ぼくは、返事《へんじ》しかできなかった。

（あーっ！）

そのとき、ぼくは、やっと思《おも》いだした。スポーツパークの野球場《やきゅうじょう》にいた女《おんな》の子《こ》だ。名前《なまえ》は、たしか……。

「私《わたし》は、スーパージャイアンツの平手《ひらて》アスカ。いつか試合《しあい》をすることがあるかもね。練習《れんしゅう》がんばってね。」

そう言《い》うと、女《おんな》の子《こ》は読《よ》みかけの英語《えいご》の本《ほん》をかかえて帰《かえ》っていった。

練習《れんしゅう》は、裏切《うらぎ》らない

「父《とう》さん、ぼく、ボールが見《み》えなかった。」

帰《かえ》り道《みち》、ぼくは言《い》った。

「うん、スピードといい、コントロールといい、すばらしいピッチャーだな。」

「ぼく、あんな速《はや》いボール、打《う》てっこないや。」

「じゃあ、試合《しあい》でも、ストライク三つでバッターアウトか。」

ふりむいた父《とう》さんが、肩《かた》に手《て》を置《お》いた。

「それは、いやだ！」

「じゃあ、どうする。」

「打《う》ちたい。あの速《はや》いボールを打《う》てるようになりたい！」

「ショウゴ、次《つぎ》の大会《たいかい》は、いつだ。」

「二か月後《げつご》、夏《なつ》の大会《たいかい》。」

「それなら？」

「練習《れんしゅう》をする。父《とう》さん、打《う》てるように、練習《れんしゅう》をする。」

ぼくは、決《き》めた。


その日《ひ》、お昼《ひる》ごはんを食《た》べてから、ぼくと父《とう》さんは練習《れんしゅう》の準備《じゅんび》を始《はじ》めた。

庭《にわ》で白《しろ》い板《いた》を切《き》って、ホームベースを作《つく》ると、バッターボックスの線《せん》をかいた。そして、打《だ》球《きゅう》が飛《と》ぶところには、緑《みどり》色《いろ》のネットもはった。ボールもたくさん買《か》ってきた。

「バッティングセンターみたいだ！」

「ショウゴ、バットをかまえろ。」

ぼくは、バットを持《も》ってかまえた。

「ふってみろ。」

バットをふった。

「ダメだ。『フルスイング』をしてみろ。」

もう一度《いちど》かまえると、ぼくは、思《おも》いきりバットをふった。

「だめだ、もう一度《いちど》。」

「もう一度《いちど》。」

ぼくはくりかえし、バットをふった。

「だめだ。」

「もう、思《おも》いきりふってるよ。そんなに言《い》うなら、父《とう》さんが、バットをふってみせてよ。」

「私《わたし》も見《み》たい！」

練習《れんしゅう》を見《み》ていた母《かあ》さんが、父《とう》さんにバットをわたした。

「ショウゴ、ホームランを打《う》ちたいか。」

「そりゃ、打《う》ちたいに決《き》まってるじゃないか。」

「そうか。」

父《とう》さんが、ぼくと同《おな》じ左《ひだり》のバッターボックスに立《た》った。

父《とう》さんは、バットの先《さき》を、トントンとホームベースにつけると、バットを持《も》った右手《みぎて》を大《おお》きく回《まわ》し、ピタリと止《と》めた。

バットの先《さき》は、遠《とお》くの空《そら》をさしていた。

「わっ、予告《よこく》ホームラン！」

母《かあ》さんが、拍手《はくしゅ》をした。

ぼくには、父《とう》さんのその姿《すがた》が、ものすごく大《おお》きく見《み》えた。

父《とう》さんが、静《しず》かにバットをかまえた。

そして、右足《みぎあし》を少《すこ》しあげると父《とう》さんは、バットをふった。

ブンッ！

バットが空気《くうき》を打《う》った。

その迫力《はくりょく》に、ぼくは、動《うご》けなかった。

「これが、フルスイングだ。フルスイングじゃなきゃ、ホームランは打《う》てない。どうだ、本当《ほんとう》のフルスイングができるようになるまで、練習《れんしゅう》をやるか。」

「やる！」

「いいか、ショウゴ、練習《れんしゅう》は裏切《うらぎ》らないんだ。練習《れんしゅう》した分《ぶん》だけ結果《けっか》が出《で》る。のぞむ結果《けっか》が出《で》なければ、それは、練習《れんしゅう》が足《た》りないということだ。」

「はいっ。」

「よし、じゃあ、あの子《こ》が投《な》げるストレートに対《たい》しては、まず立《た》ち位置《いち》を、もう少《すこ》しキャッチャーの近《ちか》くに。」

「はい！」

「次《つぎ》は、ステップだ。腰《こし》をひねりながら、右足《みぎあし》を少《すこ》しうかせてひざを引《ひ》きよせる。そのときバットを持《も》った手《て》を後《うし》ろに引《ひ》く。これが、テイクバックだ。」

「はい！」

「ボールを引《ひ》きつけて、腰《こし》を回転《かいてん》させながら、バットをふりぬく。」

「はい!」

「だいじなのは、ひとふりひとふり、真剣《しんけん》に全力《ぜんりょく》でやることだ。この素振《すぶ》りは、だらだら百回《かい》やるより、全力《ぜんりょく》で十回《かい》やるほうがいい。もちろん全力《ぜんりょく》で百回《かい》やるのがいいんだぞ。」

「はい!」

ぼくは、毎日《まいにち》、チームの練習《れんしゅう》から帰《かえ》ってくると、このフルスイングの練習《れんしゅう》を、父《とう》さんが帰《かえ》ってくるまで続《つづ》けた。

そして、父《とう》さんが帰《かえ》ってきてからは、父《とう》さんが投《な》げるボールをフルスイングで打《う》った。

手《て》のひらにまめができて、何度《なんど》もさけた。

ときどき、ボールがピンポン球《だま》に変《か》わることがあった。父《とう》さんが、近《ちか》くから思《おも》いきり投《な》げる小《ちい》さなピンポン球《だま》を打《う》つ練《れん》習《しゅう》。これは、速《はや》く動《うご》くものを見《み》る力《ちから》、「動体視力《どうたいしりょく》」をきたえる練習《れんしゅう》だ。なにより、ジャストミートしなければ、ピンポン球《だま》は打《う》ちかえせなかった。

そして六月《がつ》。もうすぐ少年《しょうねん》野《や》球《きゅう》地《ち》区《く》大会《たいかい》が始《はじ》まる。

フルスイングは、ホームランのサイン

「いきなり強敵《きょうてき》だな。」

マサルが、つぶやいた。監督《かんとく》から発表《はっぴょう》された地区大会《ちくたいかい》の第《だい》一回戦《かいせん》。対戦相手《たいせんあいて》は、スーパージャイアンツだ。

「そんなに強《つよ》いの？」

「強《つよ》い、ものすごく強《つよ》い。とにかくピッチャーがすごいんだ。六年生《ねんせい》の女《おんな》の子《こ》、ほら。」

「平手《ひらて》アスカ！」

トキワ公園《こうえん》での、あのピッチングが頭《あたま》にうかんだ。

「そう、平手《ひらて》アスカ。完全試合《かんぜんじあい》。わかるか、ひとりも打《う》てずにひとりも塁《るい》に出《で》ない。それ、三回《かい》も、やってるんだぞ。」

続《つづ》いて、先発選手《せんぱつせんしゅ》が発表《はっぴょう》された。チームに入《はい》ってから、まだ二か月《げつ》しかたっていないぼくは、ひかえの選手《せんしゅ》だった。

「ショウゴは、このごろ、よく打《う》てるようになったから、代打《だいだ》で出《で》てもらう。頼《たの》むぞ。」

監督《かんとく》が言《い》った。

「はいっ！」

「がんばろうな、ショウゴ。」

「うん。」

その日《ひ》から、大会《たいかい》までの一か月間《げつかん》、ぼくは、毎日《まいにち》、それまで以上《いじょう》に、バットをふった。
そう、フルスイングで。

七月《がつ》、照《て》りつける太陽《たいよう》の下《した》、少年野球地区大会《しょうねんやきゅうちくたいかい》が始《はじ》まった。

一回戦第三試合《かいせんだいしあい》、「スーパージャイアンツ」対《たい》「トキワヤンキース」。

「プレイボール。」

試合《しあい》が始《はじ》まった。

ところが、ピッチャーは、平手《ひらて》アスカじゃなく、五年生《ねんせい》のピッチャーだった。

「ちぇっ、平手《ひらて》アスカじゃなくても、勝《か》てると思《おも》ってるな。」

マサルが、くやしそうに言《い》った。

でも、その五年生《ねんせい》のピッチャーは、速《はや》いボールとおそいボールを投《な》げわけて、タイミングが合《あ》わない。おまけにコントロールは、抜群《ばつぐん》だった。

試合《しあい》が進《すす》んだ。

最終回《さいしゅうかい》の七回裏《かいうら》、四対《たい》一。ぼくらにとって、リードされている三点差《てんさ》は、大《おお》きかった。それでもぼくらはあきらめていなかった。この最終回《さいしゅうかい》、先頭打者《せんとうだしゃ》は一番《ばん》マサル。ツーストライクからの三球目《きゅうめ》。

カツン！

打球《だきゅう》は、ショートの真正面《ましょうめん》だ。完全《かんぜん》にアウトのタイミングだったけど、マサルは、全力《ぜんりょく》で一塁《るい》に走《はし》った。

「あっ。」

ショートの前《まえ》でバウンドしたボールの方向《ほうこう》が変《か》わった。イレギュラーバウンドだ。

それでもショートは、なんとかボールを止《と》めて、ファーストに投《な》げた。

セーフ！

マサルが塁《るい》に出《で》た。

続《つづ》く二番《ばん》バッターが、フォアボールで塁《るい》に出《で》た。ストライイクゾーンぎりぎりのきわどいコースに投《な》げるピッチャーのボールが、ストライクゾーンから外《はず》れてきた。

この暑《あつ》さで、つかれてきたんだ。

三番《ばん》バッターもフォアボールで塁《るい》に出《で》た。

次《つぎ》は、四番《ばん》バッター、五年生《ねんせい》のキャプテン中田《なかた》君《くん》だ。

「ピッチャー交代《こうたい》。」

そのとき、相手《あいて》チームの監督《かんとく》が、ピッチャー交代《こうたい》をつげた。

平手《ひらて》アスカが、ピッチャーズマウンドに立《た》った。

マウンドの調子《ちょうし》をたしかめると、平手《ひらて》アスカは、赤《あか》い野球帽《やきゅうぼう》をかぶりなおし投球練習《とうきゅうれんしゅう》をした。

スパーン！

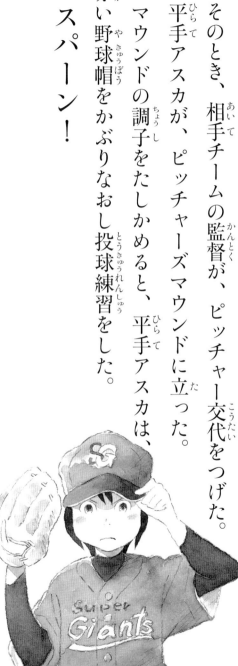

「おおっ。」
平手《ひらて》アスカが投《な》げたボールの
あまりの速《はや》さに、観客席《かんきゃくせき》がどよめいた。
スパーン！
スパーン！
キャッチャーミットにひびくかわいた音《おと》に、
どよめきが沈黙《ちんもく》に変《か》わった。
投球練習《とうきゅうれんしゅう》を終《お》えて、試合《しあい》が再開《さいかい》した。
最終回《さいしゅうかい》の七回裏《かいうら》。四対《たい》一。ノーアウト満塁《まんるい》。
スパーン！
平手《ひらて》アスカの全力投球《ぜんりょくとうきゅう》。それは今《いま》までに見《み》たこともないよ

うなスピードと迫力《はくりょく》があった。

バッターボックスの中田君《なかたくん》が、そして、球場《きゅうじょう》のみんながおどろいていた。

でも、ぼくは、……そのボールを見《み》ようとしていた。

四番《ばん》バッターの中田君《なかたくん》は、三球三振《きゅうさんしん》。五番《ばん》バッターも同《おな》じく三球三振《きゅうさんしん》だった。あっという間《ま》にツーアウトになった。

「あのスピードは、小学生《しょうがくせい》が打《う》てるレベルじゃないよな。」

観客席《かんきゃくせき》の声《こえ》が聞《き》こえてきた。

そのときだ。

「代打《だいだ》、川上《かわかみ》！」

監督《かんとく》が代打《だいだ》をつげた。

「ショウゴ、おまえが家《いえ》でも練習《れんしゅう》を続《つづ》けていることは、マサルからも聞《き》いている。いいか、思《おも》いきりふってこい。」

「はいっ！」

観客席《かんきゃくせき》の父《とう》さんは、腕《うで》を組《く》んだままぼくを見《み》つめていた。

母《かあ》さんが、両手《りょうて》をにぎってファイトのポーズをした。

ぼくがバッターボックスに立《た》つと、マウンドの平手《ひらて》アスカが、公園《こうえん》のときのように、フフフッと笑《わら》った。

スパーン！

一球目《きゅうめ》、見逃《みのが》しのストライク。

ぼくは、最後《さいご》のバッターになるのか。

いや、そんなことはない。

今《いま》もボールは、ちゃんと見《み》えた。

そうだ。ぼくは、このボールを、平手《ひらて》アスカの投《な》げるボールを打《う》つためだけに練習《れんしゅう》をしたんだ。

「練習《れんしゅう》はうらぎらない。」

父《とう》さんのことばを思《おも》いだした。バットをふろう。

二球目《きゅうめ》。
カッ。
「ファール。」
当《あ》たった。
三球目《きゅうめ》。外角低《がいかくひく》めのボールだ。
ぼくは、ふりかけたバットを止《と》めた。
ぼくは、もう一度《いちど》父《とう》さんを見《み》た。
観客席《かんきゃくせき》の父《とう》さんが、立《た》ちあがって、
バットを持《も》つかまえをした。そしてフルスイング。
見《み》えないバットの音《おと》が、ぼくの胸《むね》にひびいた。
フルスイング。

それは、ぼくと父《とう》さんのホームランのサインだ。

「フフフッ。」

マウンドの平手《ひらて》アスカが、笑《わら》った。

次《つぎ》は、必《かなら》ずストレートでストライクを取《と》りにくるはずだ。

(よーし!)

ぼくは、バットの先《さき》を、トントンとホームベースにつけると、バットを持《も》った右手《みぎて》を大《おお》きく回《まわ》し、ピタリと止《と》めた。

バットの先《さき》は、遠《とお》くの空《そら》をさしていた。

平手《ひらて》アスカが、大《おお》きくふりかぶった。

自信《じしん》なんかあるもんか。でも自信《じしん》を持《も》つために、ぼくは、フルスイングをするんだ。

そう、父《とう》さんとぼくのホームランのサイン、
フルスイング。
（来《き》た、ストレートだ！）
ぼくは、まよわずフルスイングをした。
カキーン！
ライトの頭《あたま》の上《うえ》を越《こ》えてボールが青空《あおぞら》に吸《す》いこまれた。
ウワーッ！
歓声《かんせい》があがった。
逆転満塁《ぎゃくてんまんるい》ホームラン。
走《はし》らなきゃ。走《はし》って塁《るい》を回《まわ》ってこなくちゃ。でも、ひざが
震《ふる》えて、足《あし》に力《ちから》が入《はい》らない。それでもなんとか走《はし》りだしたぼ

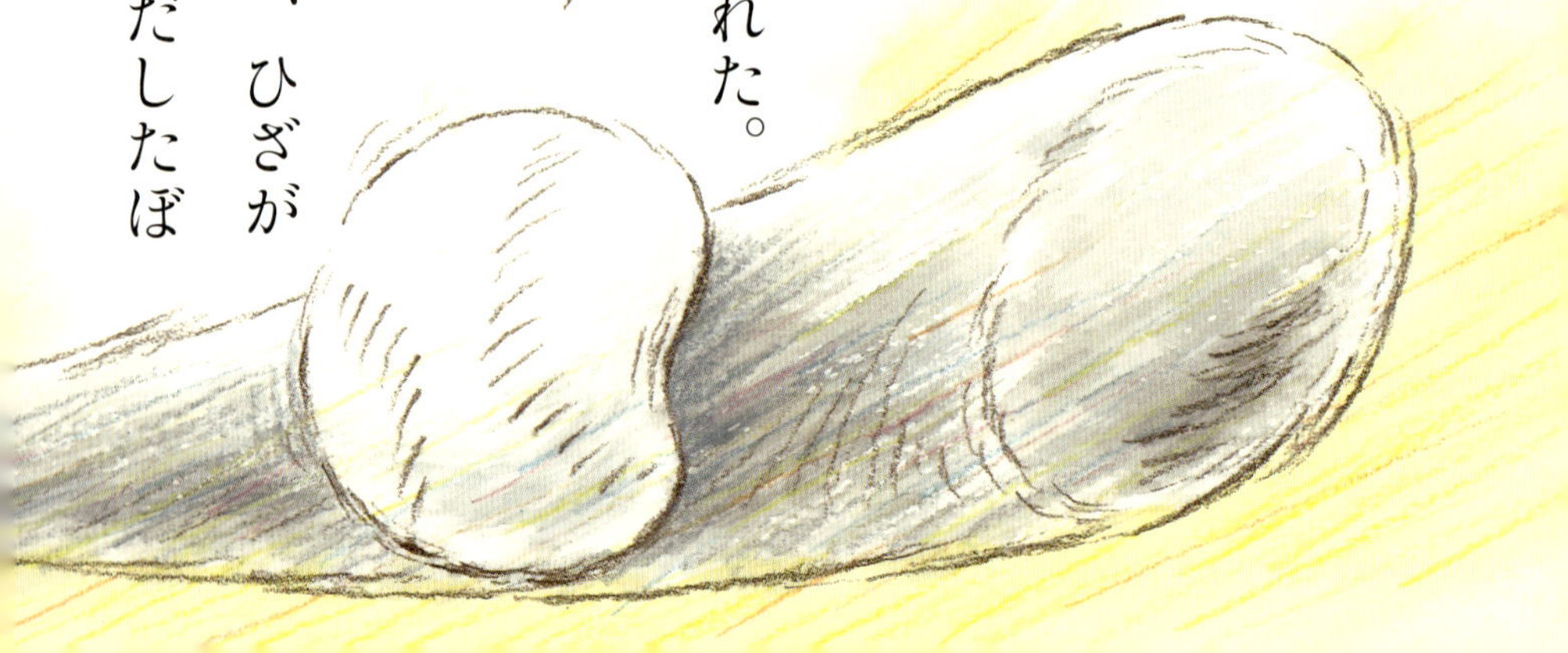

くは、ゆっくりとベースを回《まわ》った。
三塁《るい》を回《まわ》ったとき、ぼくは、ピッチャーズマウンドを見《み》た。
平手《ひらて》アスカは、空《そら》を見上《みあ》げたままだった。

「やってくれたじゃない。予告《よこく》ホームランだなんて。」

試合《しあい》のあと、平手《ひらて》アスカがやってきた。

「でも、気持《きも》ちのいいフルスイングだったわ。はい。」

そう言《い》って、ホームランボールをわたしてくれた。

「ありがとう。でも、次《つぎ》も打《う》てるかどうかわからない。」

「次《つぎ》は、……ないわ。」

「えっ。」

「私《わたし》、九月《がつ》から、お父《とう》さんの仕事《しごと》の関係《かんけい》で、アメリカに引《ひ》っこすの。だから、……この大会《たいかい》が最後《さいご》なの。あの、フルスイング、練習《れんしゅう》がんばったのね。」

「うん。」

「野球《やきゅう》、続《つづ》けてね。」

「ぼく、プロ野球選手《やきゅうせんしゅ》になるのが夢《ゆめ》なんだ。」

「プロ野球選手《やきゅうせんしゅ》か、いいわね。私《わたし》は……。」

「続《つづ》けて。野球《やきゅう》が好《す》きなんだろ。アメリカに行《い》っても野球《やきゅう》を続《つづ》けてよ。」

「……そうだね、続《つづ》ける。私《わたし》、野球大好《やきゅうだいす》きだから。じゃあ、野球《やきゅう》を続《つづ》けて、私《わたし》は、メジャーリーガーになる。自分《じぶん》の力《ちから》で。」

「約束《やくそく》！」

「わかった、約束《やくそく》ね。」

そして、フフフッと笑《わら》うと平手《ひらて》アスカは、帰《かえ》っていった。

エピローグ ― 甲子園決勝《こうしえんけっしょう》 ―

あの日《ひ》から八年《ねん》。
夏《なつ》の甲子園《こうしえん》、全国高等学校野球選手権大会決勝戦《ぜんこくこうとうがっこうやきゅうせんしゅけんたいかいけっしょうせん》。
ぼくは、四番《ばん》バッターとしてこの試合《しあい》にのぞんだ。

今朝《けさ》、宿舎《しゅくしゃ》での朝食《ちょうしょく》のときだ。テレビのニュースで、ぼくは、すごいものを見《み》た。メジャーリーグのエキシビションで、日本人《にほんじん》の女《おんな》の子《こ》がマウンドに立《た》っていた。
そして、現役《げんえき》のメジャーリーガーを相手《あいて》に、三人全員《にんぜんいん》から

エキシビション＝公式記録《こうしききろく》としない模範試合《もはんじあい》を意味《いみ》する。

三振《さんしん》をうばったんだ。

「ミラクルガール、アスカ・ヒラテ！」

球場《きゅうじょう》が興奮《こうふん》と大歓声《だいかんせい》につつまれていた。

平手《ひらて》アスカだ。

「やっぱり、すごいな、平手《ひらて》アスカは。」

チームメイトのマサルが、感心《かんしん》した。

「見《み》たかい！　今《いま》のピッチング。しかも笑顔《えがお》だぞ。なんてことだ。これは、メジャーリーグの歴史《れきし》が変《か》わるかもしれないぞ！　メジャーリーグに女性《じょせい》のピッチャーだ！」

解説者《かいせつしゃ》が興奮気味《こうふんぎみ》に話《はな》していた。

そうか、メジャーリーグのマウンドでも、「フフフッ。」って、笑《わら》ったんだ。ぼくは、あの日約束《ひやくそく》したときの平手《ひらて》アスカの笑顔《えがお》を思《おも》いだした。そして、約束《やくそく》どおり、彼女《かのじょ》は自分《じぶん》の力《ちから》で夢《ゆめ》の扉《とびら》を開《あ》けようとしていた。

ぼくらの決勝戦《けっしょうせん》は、九回裏《かいうら》、五対《たい》二、相手校《あいてこう》に三点《てん》リードされていた。

九回裏《かいうら》、ツーアウト満塁《まんるい》。

ぼくは、いつものように、ベンチでボールをにぎりしめた。そう、平手《ひらて》アスカが手《て》わたしてくれた、あのホームランボールだ。

応援席《おうえんせき》の母《かあ》さんは、両手《りょうて》をにぎりしめてファイトのポーズをした。そして、父《とう》さんが立《た》ちあがってフルスイングをした。

わかってる。

父《とう》さん、フルスイングはホームランのサインだもんな。

ぼくは、バットの先《さき》を、トントンとホームベースにつける
と、バットを持《も》った右手《みぎて》を大《おお》きく回《まわ》し、バットの先《さき》をバック
スクリーンよりも上《うえ》の青空《あおぞら》に向《む》けると、ピタリと止《と》めた。
自信《じしん》なんかない。あるのは、練習《れんしゅう》をがんばったっていう、
たしかな事実《じじつ》だけだ。
でも、夢《ゆめ》の扉《とびら》は、自分《じぶん》の手《て》で開《ひら》くんだ。
そう、プロ野球選手《やきゅうせんしゅ》への道《みち》を。
（ホームラン、アメリカまでボールがとどくかな。）
そして、ぼくは静《しず》かにかまえた。
（来《き》た、ストレートだ！）
ぼくは、まよわずフルスイングをした。

プロ野球選手《やきゅうせんしゅ》のまめちしき

プロ野球選手《やきゅうせんしゅ》のお仕事《しごと》に
ちょっぴりくわしくなる
オマケのおはなし

おしごとのおはなし

プロ野球選手《やきゅうせんしゅ》って、どんなお仕事《しごと》？

プロ野球選手《やきゅうせんしゅ》は、プロ野球球団《やきゅうきゅうだん》と契約《けいやく》している野球《やきゅう》選手《せんしゅ》のことです。

日本《にっぽん》でいえば、日本野球機構《にほんやきゅうきこう》（NPB《エヌピービー》）に加盟《かめい》しているセントラル・リーグ、パシフィック・リーグの十二チームの選手《せんしゅ》のことですね。

プロ野球《やきゅう》シーズンのスタートは、二月一日《がつついたち》。キャンプや紅白戦《こうはくせん》、各《かく》チームとのオープン戦《せん》を通《つう》じて、公式《こうしき》戦開幕《せんかいまく》にむけて、しっかりと準備《じゅんび》をしていきます。

三月下旬《がつげじゅん》から公式戦《こうしきせん》が始《はじ》まり、それぞれのリーグの上位《じょうい》三チームがクライマックスシリーズ、そして日本《にほん》一《いち》を決《き》める日本《にほん》シリーズへ進出《しんしゅつ》します。

プロ野球選手《やきゅうせんしゅ》は、それらの試合《しあい》に出《で》て、チームの勝利《しょうり》に貢献《こうけん》することが求《もと》められます。活躍《かつやく》しだいでは、年俸《ねんぼう》（一年《ねん》で支払《しはら》われる報酬《ほうしゅう》のこと）があがることもありますし、活躍《かつやく》できなくなれば、やめさせられることもあります。

できるだけ、第一線《だいいっせん》で長《なが》く活躍《かつやく》できるよう、日《ひ》ごろから一生《いっしょう》けんめい練習《れんしゅう》しているのです。

どんな人《ひと》がプロ野球選手《やきゅうせんしゅ》にむいている？

プロ野球選手《やきゅうせんしゅ》には、才能《さいのう》だけではなれません。活躍《かつやく》している一流選手《いちりゅうせんしゅ》はみな、とてつもない努力《どりょく》を重《かさ》ねています。

ショウゴのお父《とう》さんが言《い》っていましたね。

「練習《れんしゅう》は裏切《うらぎ》らないんだ。練習《れんしゅう》した分《ぶん》だけ結果《けっか》が出《で》る。」の

ぞむ結果《けっか》が出《で》なければ、それは、練習《れんしゅう》が足《た》りないということだ。」と。

努力《どりょく》が必《かなら》ずしもむくわれるわけではありませんが、プロ野球選手《やきゅうせんしゅ》にむいているのは、努力《どりょく》を続《つづ》けられる人《ひと》でしょう。

また、攻撃《こうげき》も守備《しゅび》も、野球《やきゅう》はひとりではできません。チームメイトといっしょに勝利《しょうり》を目指《めざ》す気持《きも》ちが求《もと》められます。

プロ野球選手《やきゅうせんしゅ》になるには？

プロ野球選手《やきゅうせんしゅ》になるには、プロ野球球団《やきゅうきゅうだん》の新人選手選択会議《しんじんせんしゅせんたくかいぎ》（ドラフト会議《かいぎ》）で指名《しめい》される必要《ひつよう》があります。

指名《しめい》されるのは、強豪《きょうごう》の高校《こうこう》・大学《だいがく》の野球部《やきゅうぶ》の選手《せんしゅ》や、社会人《しゃかいじん》のクラブチームの選手《せんしゅ》などです。最近《さいきん》では、全国各地《ぜんこくかくち》に増《ふ》えている独立《どくりつ》リーグの選手《せんしゅ》が指名《しめい》されることもあります。

いずれの場合《ばあい》でも、飛《と》びぬけた才能《さいのう》を持《も》ち、甲子園出場常連校《こうしえんしゅつじょうじょうれんこう》でチームの主力選手《しゅりょくせんしゅ》として活躍《かつやく》してきたような選手《せんしゅ》がほとんどです。チームの成績《せいせき》がふるわなくても、長距離《ちょうきょり》ヒットが打《う》てるなど、自分《じぶん》にしかない強《つよ》みを持《も》っていれば、選《えら》ばれることもあります。

プロ野球選手《やきゅうせんしゅ》になれるのは、ほんのひとにぎりの人《ひと》だけで、そのなかで、第一線《だいいっせん》で活躍《かつやく》できる選手《せんしゅ》はごくわずかです。本当《ほんとう》にきびしい世界《せかい》ですが、始《はじ》まりはだれでも同《おな》じです。

まずは、少年野球《しょうねんやきゅう》から始《はじ》めて、中学《ちゅうがく》や高校《こう》、大学《だいがく》の強豪校《きょうごうこう》でレギュラーになることを目標《もくひょう》に、がんばりましょう。

今《いま》はまだ、女性《じょせい》のメジャーリーガーはいませんが、近《ちか》い将来《しょうらい》、平手《ひらて》アスカのような選手《せんしゅ》が、マウンドに立《た》つ日《ひ》が来《く》るかもしれませんね。

くすのき しげのり

1961年、徳島県生まれ。小学校教諭、鳴門市立図書館副館長などを経て、児童文学作家となる。絵本『おこだでませんように』『メガネをかけたら』（ともに小学館）が青少年読書感想文全国コンクール課題図書となる。『ふくびき』（小学館）、『ともだちやもんな、ぼくら』（えほんの杜）で第3回ようちえん絵本大賞を受賞。
くすのきしげのり公式ホームページ
www.kusunokishigenori.jp

下平けーすけ｜しもひらけーすけ

1975年、茨城県生まれ。講談社フェーマススクールズ出身。児童書を中心に、イラストレーターとして活躍する。くすのきしげのりとタッグを組んだ作品に、『おしごとのおはなし 小学校の先生 三年二組、みんなよい子です！』『三年一組、春野先生！三週間だけのミラクルティーチャー』（ともに講談社）がある。

ブックデザイン／脇田明日香
巻末コラム／編集部

おしごとのおはなし　プロ野《や》球選手《きゅうせんしゅ》

フルスイング！

2018年 2月13日　第1刷発行
2022年12月 1日　第3刷発行

作　くすのき しげのり
絵　下平《しもひら》けーすけ
発行者　鈴木章一
発行所　株式会社講談社　KODANSHA
〒112-8001 東京都文京区音羽2-12-21
電話　編集 03-5395-3535　販売 03-5395-3625　業務 03-5395-3615
印刷所　株式会社精興社
製本所　島田製本株式会社

N.D.C.913 79p 22cm ©Shigenori Kusunoki / Kesuke Shimohira 2018 Printed in Japan ISBN978-4-06-220947-2

定価はカバーに表示してあります。落丁本・乱丁本は、購入書店名を明記のうえ、小社業務あてにお送りください。送料小社負担にておとりかえいたします。なお、この本についてのお問い合わせは、児童図書編集あてにお願いいたします。本書のコピー、スキャン、デジタル化等の無断複製は著作権法上での例外を除き禁じられています。本書を代行業者等の第三者に依頼してスキャンやデジタル化することは、たとえ個人や家庭内の利用でも著作権法違反です。